La princesse à la gomme

Françoise Guillaumond
Illustrations de Sébastien Mourrain

MAGNARD

Lecture **CE1**

Chapitre 1

— C'est tout à fait ce qu'il nous faut !
hurle le roi en montrant le journal à sa femme.

LE ROI-PORTAGE

1er avril de cette année

SOIRÉE de FÊTE, hier, au PALAIS.

Ce fut une réception particulièrement réussie. *Compte-rendu en page 4.*

LE DRAGON nouveau EST ARRIVÉ !

Il a semé la terreur dans les murs de Videssoules, petite cité au nord du royaume. Heureusement, il n'y a eu aucune victime. Des mesures de sécurité ont été prises. " Il n'y a plus rien à craindre " a affirmé le roi.

Notre reportage, page 13.

— Galathée ! Arrête de faire les pieds au mur !
Nous avons décidé de t'inscrire à l'école Turlututu.
Fais tes bagages immédiatement !

— Ma chérie, explique la reine, tu vas enfin devenir
une vraie princesse élégante et cultivée !
Galathée ouvre de grands yeux ronds :

— Moi ! une vraie princesse, ça m'étonnerait !

CIRQUE ZAPPITA

WAF
WAF

Galathée monte dans sa chambre en haut de la tour.
Elle jette pêle-mêle ses vêtements dans la valise
en ronchonnant :
— Princesse ! princesse ! Ils n'ont que ce mot-là
à la bouche ! Mais parole de Galathée,
comme d'habitude, je serai vite renvoyée !

Il faut dire que le dernier bulletin scolaire de Galathée avait provoqué une tempête au château ; voyez plutôt :

Élève : *Galathée*

Classe : *princesse 1*

Conduite : *o !*
Galathée fait le pitre toute la journée.

Tenue : *épouvantable !*

Danse : *à éviter !*
Galathée se prend les pieds dans sa robe de bal à chaque essai.

Chant : *nul !*
Galathée chante comme une casserole !

Prix : *Aucun !*
Galathée est irrécupérable !

Observations : *Élève renvoyée*

Signature des parents :

Chapitre 2

Le carrosse dépasse les grilles de l'école Turlututu.
Un monsieur habillé comme un seigneur les attend
devant la porte de l'école. C'est le directeur.
— Bienvenue à l'école Turlututu ! dit-il en faisant
des courbettes. Puis il baise les mains de la reine et
de Galathée.
— Vieux dégoûtant ! dit Galathée en s'essuyant.
Le roi explique :
— Voici notre fille Galathée. Tâchez d'en faire
une princesse présentable !

9

— Je vois le problème, Majesté, répond le directeur
en regardant Galathée d'un drôle d'air. Mais ne
vous faites pas de souci, nous allons lui faire passer
des tests pour la mettre dans la bonne classe.
Ici notre slogan est le suivant : une seule solution,
la motivation ! Et cette méthode a fait ses preuves.
Nous n'avons que des 10 sur 10 aux contrôles de fin
d'année !
Le roi et la reine repartent rassurés.
Cette fois, Galathée est entre de bonnes mains.

— Voyons, voyons, dans quelle classe la mettre !
s'interroge le directeur en se grattant la tête...
Pas dans la classe « Blanche-Neige »
par exemple... non...

— Comme tu es blonde, explique-t-il, je te verrais
bien dans la classe « Cendrillon ». Oui !
C'est une idée. Chante-moi vite quelque chose
pour me décider.
Galathée hausse les épaules et se met à hurler :
— Un kilomètre à pied, ça use les souliers !

13

Le directeur n'a pas le temps d'ouvrir
son parapluie qu'une trombe d'eau lui tombe
sur la tête.

— Arrête ! Ça suffit, j'ai compris ! Nous allons trouver autre chose. En attendant, je te conduis au dortoir. Tu dois être fatiguée.
« Pas du tout, pense Galathée.
Je commence à bien m'amuser. »

Chapitre 3

Dans le dortoir, les apprenties princesses
se regroupent autour de Galathée. Elles n'ont
jamais vu ça : une princesse en jean et en baskets !
Galathée leur fait la grimace et leur tourne le dos.
Alors les demoiselles se mettent à papoter entre elles :
— Le prince Arthur a disparu ! dit l'une.
— Pas possible ! répond une autre. Le prince
Arthur ?
— Oui, explique une troisième, je l'ai lu
dans le journal. Vous vous souvenez, c'est lui qui,
le jour de la rentrée, avait semé des araignées
en plastique dans toute l'école !
— Le plus grave, ajoute une quatrième, c'est qu'il y a
ce dragon qui rôde dans les parages...

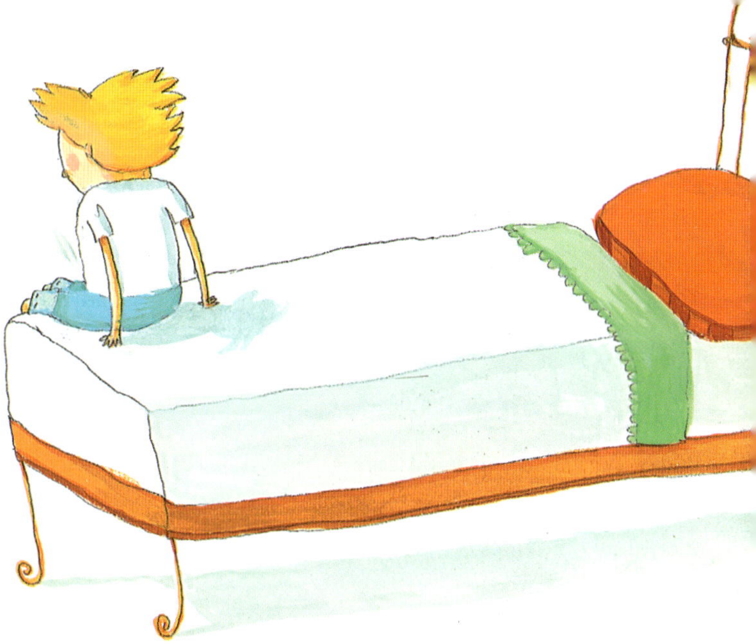

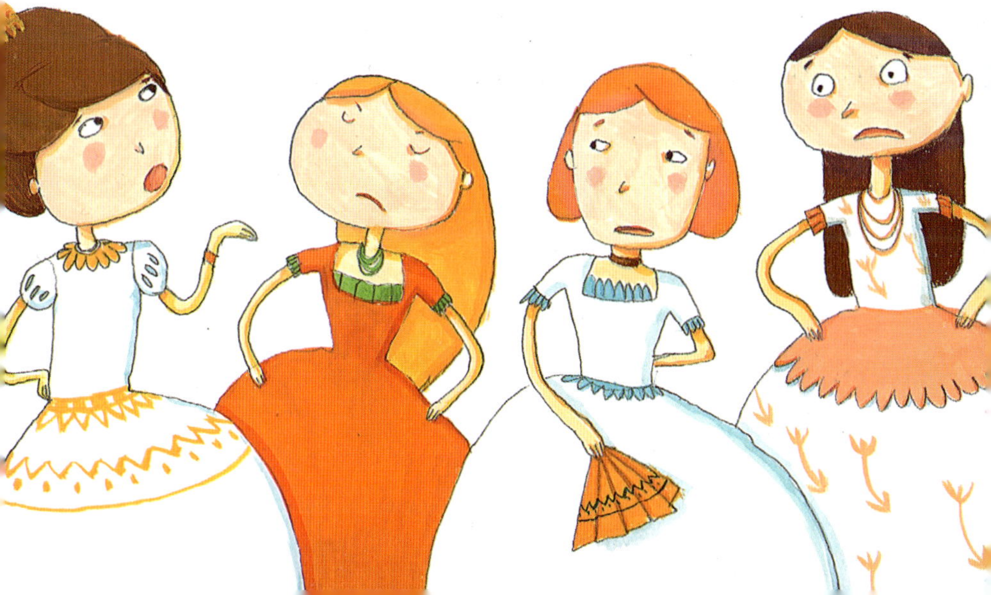

À ce moment-là, une vieille demoiselle entre dans le dortoir et se plante devant Galathée :

— Je suis MA-DE-MOI-SELLE Lagriotte, votre surveillante générale ! Tâchez de vous en souvenir. Faites-moi une révérence, je vous prie. Galathée se plie en deux, aussi gracieuse qu'un manche à balai.

— Je ne sais pas ce que nous allons faire de vous, dit mademoiselle Lagriotte. En attendant, habillez-vous correctement !

Puis elle frappe dans les mains :

— À table, Mesdemoiselles ! À petits pas menus !
Et hop ! Galathée se met en équilibre sur les bras.
Puis elle suit le rang en marchant sur les mains !

— Une ! Deux ! Une ! Deux ! scande mademoiselle
Lagriotte.

— Et trois ! Et quatre ! se moque Galathée.

Chapitre 4

Au bout d'une semaine, le directeur réunit
les professeurs pour parler du cas Galathée :
— Avant de commencer, j'aimerais vous rappeler
que le prince Arthur n'a toujours pas été retrouvé.
C'est très inquiétant. Surtout avec ce dragon aperçu
dans les environs ! Alors surtout, vérifiez portes
et fenêtres de vos salles de cours et pas de sorties
improvisées dans le parc de l'école jusqu'à nouvel
ordre. Et maintenant, passons à ce qui nous
préoccupe tous : la princesse Galathée.

Le professeur de danse prend la parole en premier :
— Personne ne veut plus danser avec elle.
Elle fait exprès d'écraser les pieds de ses cavaliers !

— L'autre jour, raconte le professeur de broderie,
elle apprenait le point de tapisserie.
Je me suis absentée un instant. Quand je suis
revenue, je l'ai trouvée ficelée sur sa chaise comme
un saucisson ! Je suis sûre qu'elle l'a fait exprès.

Mademoiselle Lagriotte explique :

— Je lui ai fait passer le test du petit pois. Presque toutes les filles de reines et de rois réussissent ce test-là. J'ai défait son lit, glissé un petit pois et mis par-dessus le bon nombre de matelas et d'édredons. Résultat : elle n'a rien senti !

— Le lendemain, ajoute le directeur, j'ai caché sous son matelas la boîte de conserve d'un kilo de petits pois. Vous savez, celle que nous gardons pour les cas désespérés. Eh bien, elle s'est réveillée fraîche comme une rose et m'a assuré qu'elle n'avait jamais aussi bien dormi !

Aussi, je propose de créer une classe spéciale
pour Galathée. Mademoiselle Lagriotte, écrivez :
Vote à l'unanimité du conseil des professeurs,
Élève Galathée, dispensée de cours de danse,
de cours de couture, de salon de beauté ...

Quand Galathée apprend la nouvelle, elle est ravie :
ses journées sont enfin à elle ! Elle peut les passer
dans le grenier de l'école. Là, sur une pile de vieux
matelas, Galathée fait des acrobaties. Sous un piano
désaccordé, elle s'est aménagé un coin tranquille
pour lire ses livres d'aventures préférés. Elle a même
apprivoisé une souris grise qui grignote
dans son tablier les biscuits secs et les croûtes
de fromage qu'elle a chipés à la cuisine.

Chapitre 5

Chaque soir, dans le dortoir, mademoiselle
Lagriotte fait sa tournée d'inspection. Les apprenties
princesses se mettent debout, au pied du lit,
en rang d'oignons. Mais voilà qu'un soir,
Galathée est en retard. Son livre était si passionnant
qu'elle n'a pas vu le temps passer !

Zut ! soupire Galathée quand elle aperçoit le ciel
étoilé par la lucarne du grenier. Elle dévale
les escaliers... sans s'apercevoir que la souris
s'est endormie dans la poche de son tablier.
Galathée pousse tout doucement la porte du dortoir
et se retrouve nez à nez avec mademoiselle Lagriotte.

— Salut les girls ! B'soir m'selle !
La surveillante lève les yeux au ciel :
— Impertinente ! Dévergondée ! Évidemment
vous n'êtes pas encore prête ! Mettez-vous en tenue
de nuit et filez aux toilettes ! On n'a pas idée d'être
aussi ébouriffée !
Galathée murmure entre ses dents :
— Vieille chouette !
Et elle retire son tablier. La souris, réveillée,
se met à pousser de petits cris.

— Qu'est-ce que c'est ? demande mademoiselle
Lagriotte.
— Regardez vous-même, répond Galathée.
Mademoiselle Lagriotte attrape le tablier.
La souris bondit de la poche, atterrit sur le nez
de la surveillante et se glisse dans le col
de son chemisier.
— Au secours ! Une souriiiiiiis !
Mademoiselle Lagriotte pousse un cri strident
et tombe évanouie.

Vite, Galathée court dans la salle de bains.
Elle remplit un seau d'eau glacée et revient près
de mademoiselle Lagriotte.
— Tiens ! Voilà qui va vous faire du bien !
dit Galathée en lui envoyant le seau d'eau à la figure.

Plouf ! plic ! ploc ! La chevelure de mademoiselle
Lagriotte dégouline comme une vieille serpillière
mal essorée.
« Bien fait ! » pense Galathée.
— Galathée ! Vous serez punie ! hurle
la surveillante, enfin revenue à elle. Au cachot !
Au pain sec et à l'eau !

Chapitre 6

Dans le cachot où Galathée est enfermée, il fait noir comme dans un four. Tout à coup, Galathée entend des hurlements, des bruits de meubles renversés, des grognements terrifiants !
Soudain, la porte vole en éclats ! Une énorme tête de dragon regarde à l'intérieur du cachot. Le dragon aperçoit Galathée. Il s'approche d'elle, la renifle. Puis il ouvre sa gueule et... une poignée de confettis multicolores jaillit du fond de sa gorge.

Galathée éclate de rire :

— Quel drôle de dragon tu fais...

Le dragon dévisage Galathée :

— Quelle drôle de princesse tu fais, toi aussi.

Galathée est très étonnée :

— Ça alors, le dragon sait parler !

Elle se relève et fait une révérence comme elle en a le secret :

— Je me présente : Galathée !

Le dragon se met à rire et sous les yeux écarquillés de Galathée, sa tête se met à tourner sur elle-même. Le cou s'allonge, s'allonge ; il devient aussi long que celui d'une girafe. Et brusquement, plaf ! la tête du dragon tombe par terre et rebondit comme une balle en caoutchouc ! À la place, apparaît la tête ébouriffée d'un garçon à lunettes.

Galathée applaudit :

— Bravo !

— Bonjour, dit le garçon. Je suis le prince Arthur.

Galathée fronce les sourcils :

— Oh non ! Pas un prince, c'est pas vrai !

— Dis donc toi, t'es bien une princesse, non ?

— Peut-être, répond Galathée. Mais moi, je suis une princesse à la gomme. Et elle lui fait une grimace abominable.

Arthur hausse les épaules et lui répond en faisant lui aussi une grimace encore plus abominable.

Galathée ne peut pas s'empêcher de rire.

— Tu vois, dit Arthur, moi aussi je suis un vrai prince à la gomme : je ne sais pas tirer à l'arc, je déteste monter à cheval car ça me fait mal aux fesses et j'ai peur de tomber. Par contre, j'aime bien faire des farces et j'adore bricoler des gadgets animés comme ce dragon. Tiens, regarde, je vais t'expliquer comment ça marche...

Chapitre 7

Pendant ce temps, à l'extérieur, c'est la panique.
— Au secours ! appelez la police ! les pompiers !
Un dragon est enfermé dans l'école Turlututu
avec la princesse Galathée !
Vite, le père de Galathée est informé. Des canons
sont pointés sur la porte d'entrée.

Tout à coup, la porte de l'école s'entrouvre et
voici Galathée installée sur le dos... du dragon !

— Salut tout le monde, lance-t-elle. Voici
mon dragon apprivoisé ! C'est un champion !
Dis bonjour, allez !
Devant la foule effrayée, le dragon se redresse
sur ses pattes de derrière et secoue la tête
en cadence.
— C'est bien, dit Galathée qui dévale le dos
du monstre comme un toboggan. Viens
que je te fasse un bisou sur le nez !
Dans le ventre du dragon, Arthur se tord de rire.
La foule en délire applaudit.

Alors Galathée lève la main et réclame le silence.
— Et maintenant, mon dragon apprivoisé va vous
exécuter un salto arrière ! T'as compris, dragon ?
Zou ! lève ton popo et rentre le bidon !
À l'intérieur du dragon, Arthur n'est pas d'accord :
— Ça ne va pas Galathée ! Un salto arrière ?
c'est trop compliqué !
Galathée fronce les sourcils :
— Quoi ! Tu te dégonfles ?
— Bon d'accord, on y va, râle Arthur.

Et tarabiscaboum ! Youp-la ! Un tonnerre
d'applaudissements retentit. Arthur jaillit du ventre
du dragon en criant :
— J'ai réussi ! J'ai réussi !
La foule est un instant frappée de stupeur.
Puis c'est le délire dans l'assistance :
— Viva ! Quel spectacle ! Hourra ! Bis !

Le père de Galathée a bien du mal à se retenir
de rire.
— Décidément Galathée, tu ne seras jamais
une vraie princesse élégante et cultivée...
La princesse prend son élan et exécute
un magnifique saut périlleux avant.

Arthur applaudit :
— Bravo Galathée ! T'es vraiment la reine
des artistes !

Ce soir

Grand Spectacle de Cirque

Galathée et Arthur

présentent

leur dragon à la gomme !

Dépôt légal : février 2002 - N° d'éditeur : 2016_1896
Imprimé en France en décembre 2016 par Pollina - L78409

PEFC
10-31-2065

Certifié PEFC
pefc-france.org